그래도 난 나쁜 놈이 좋다

그래도 난 나쁜 놈이 좋다

그래도 난

나쁜 놈이 좋다

정훈영 시집

새로
기다리는 숲

그 누군가를 열렬히 사랑할 때
끄적거려 보았던 시구들이 먼지를 뒤집어쓴 채
책장에서 숨쉬고 있는 것을 발견했습니다.

나도 한때는
한 대상을 죽도록 사랑하던 때가 있었고
예고치 못한 이별에 가슴앓이하던 때가 있었네요.

변한 게 있다면
세월이 남기고 간 주름 한 가닥
새치 두어 개
그리고 세 번 곱씹게 만드는 이성의 득세

다시는 내 인생에
이런 솔직했던 사랑의 감정이 올 것 같지 않아
더 이상 이성의 강퍅함에 휘둘리기 전에
세상에 내놓으려 합니다.

조탁되지 못한 젊은 날의 유치찬란한 시구지만
사랑이란 게 원래 유치해야 이루어지는 것이니
그 진심만큼은 서로 통하리라 생각합니다.

나이를 먹어간다는 것은
그만큼 금기가 많아진다는 거고
이성의 층이 두터워진다는 거지요.

그런 내가 두렵습니다.
젊은 날의 순수했던 사랑조차도
거부하고픈 내가 될까 봐

이성이란 놈이 나를 지배하기 전에
감성이 조금이라도 남아 있을 때
미친 척하고 내 손에서 떠나보냅니다.

시의 기본조차 안 되어 있다고 해도 할 수 없네요.
그 땐 문창과의 문턱에도 가 본 적이 없는
그냥 사랑에 눈민 사랑의 시인이었을 뿐이니까요.

.

.

.

햇볕 따사한 봄날
추억을 되새김질하며 정훈영 씀

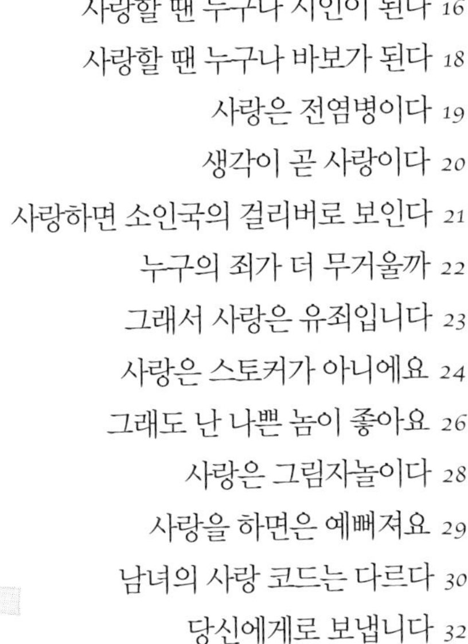

텅 빈 손일 때만이
사랑을 잡을 수 있다는 진리를
벌써 잊으신 것은 아니겠지요?

발자취까지 소유하려 하지 마세요
사랑은 스토커가 아니에요

사랑할 땐 누구나 시인이 된다

아주 오랫동안
시를 쓰지 못했어요

옛사랑의 그림자가 너무 짙어
그 자리를 대신할 다음의 사랑을
감당할 자신이 없었던 탓이지요

아니
사랑의 기쁨만 취하고
부산물인 아픔만큼은 갖고 싶지 않은
나 자신과의 비겁한 타협이었지요

사랑할 땐 누구나 시인이 된다고
플라톤이 말했던가요?

그래요
참 희한하게도
난 지금 시를 쓰고 있어요

시의 시 자도 모르던 나를
시인으로 만든 그 사람은
시의 시옷 자도 모르던 사람이니까요

사랑은
불가능을 가능으로 만드는
기적을 가져오나 봐요

사랑할 땐 누구나 바보가 된다

지능이 부족해
정상적으로 판단하지 못하는 사람을
바보라고 한다지요

아이큐가 세 자리나 되는 내가
세상이 정해 놓은 기준에
함량 미달인 한 남자를 떠올리며
환하게 웃고 있네요

제 눈깔 제가 찌른
바보라 해도
마냥 좋은 것은

바라보면 볼수록
보고 싶어지는 당신이
내 안에 있기 때문이에요

사랑할 땐 누구나 바보가 되나 봐요

사랑은 전염병이다

절대 안 볼 거예요
그랬으면서
거리를 지나는 모든 사람이
당신으로 보이는 이윤 뭘까요

사랑을 하게 되면
이렇게 눈이 머나 봅니다

절대 안 받을 거예요
그랬으면서
울리지도 않는 전화벨이
귀에서 메아리치는 이윤 뭘까요

사랑을 하게 되면
이렇게 귀도 미나 봅니다

사랑은 전염병입니다
멀쩡한 사람을
눈 멀게 하고 귀도 멀게 하는…

생각이 곧 사랑이다

지금은 뭘 하고 있을까?
하루에도 몇 번씩 문득문득 생각난다면
그건 사랑한다는 증거예요

이렇게 생각해도 밉고
저렇게 생각해도 밉던 사람이
나 때문에 속상해하지 않을까 궁금해지면
그게 사랑한다는 증거예요

왼종일 전화기 앞을 서성이다가도
끝내 말 못하고 생각으로만 그친대도
그 역시 사랑한다는 증거예요

하루에 가장 많이 생각나는 사람
그래서 마음이 아린 사람이 있다면
바로 당신이 사랑해야 할 사람이에요

그 사람을 놓치지 마세요
생각난다는 건 사랑이 절실하다는 것이거든요

사랑하면 소인국의 걸리버로 보인다

사랑이라는 걸 하지 않았다면
거리를 지나치는 뭇사람 중의 하나로
잊혀졌을 그대

내 마음에 담은 후부터
조금씩
조금씩
커지기 시작하더니

이젠 가슴에 담기에도 벅찬
거인으로 변해 버렸네요

단신의 그대가
소인국의 걸리버로 보이는
내 눈이 잘못된 거가요?

아님
그대를 담을 내 가슴이
어느 날 갑자기 좁아진 탓인가요?

누구의 죄가 더 무거울까

그대가 나를 사랑하는 무게와
내가 그대를 좋아하는 무게를

저울에 달면 어느 쪽이 더 무거울까?

먼저 사랑에 눈뜬 그대와
그 눈 속에 빠져든 나

사랑의 원인 제공을 한 그대와
뒤따라 그 열정에 녹아 버린 나

누구의 마음이 더 간절할까?
누구의 죄가 더 무거울까?

그래서 사랑은 유죄입니다

혼자서 혼자일 때보다
둘이면서도 혼자일 때가 더 외롭다는 것을 알면서도
난 사랑에 빠지고 말았습니다

사랑에 빠지는 일보다
사랑을 지켜내기가 더 어렵다는 것을 알면서도
난 사랑에 빠지고 말았습니다

사랑을 지키는 일보다
그 인연을 끊기가 더 어렵다는 것을 알면서도
난 사랑에 빠지고 말았습니다

빠지면 헤어나지 못하는 자신을
너무나 잘 알면서도
사랑의 늪에 치절히 빠시고 말았습니다

알면서도 어쩔 수 없이 빠져 버린 죄
그래서 사랑은 유죄입니다

사랑은 스토커가 아니에요

난 이만큼인데
넌 왜 요만큼이니
실리를 따진다면

왜? 왜? 왜?
이유를 묻는다면
그건 이미 사랑이 아니에요

사랑을 저울질한다면
대가를 바란다면
사랑할 자격이 없지요

그대 마음을 움직인 건
진실한 마음이 뿜어내는 눈빛이었지
조건이 아니었기 때문이지요

사랑의 행동 하나하나에
이유를 부여한다면
당장 그만두세요

텅빈 손일 때만이
사랑을 잡을 수 있다는 진리를

벌써 잊으신 것은 아니겠지요?

발자취까지 소유하려 하지 마세요
사랑은 스토커가 아니에요

그래도 난 나쁜 놈이 좋아요

그댈 가슴에 담지 않았다면
갖은 핑계를 대서라도
만나지 않았을 텐데

가슴에 담았기에
갖은 핑계를 대서라도
만나보고 싶은 거예요

이래서 사랑이라는 거 하고 싶지 않았어요

하루종일 같이 있고 싶고
하루종일 얘기 나누고 싶고
하루종일 그대 안에 머물고 싶으니
이를 어쩐다지요?

가슴이 온통 그대 모습으로 꽉 차서
숨이 가쁜 나는
사랑의 혹독한 대가를 단단히 치르고 있어요

사랑은 정말
나쁜 놈이에요

당장 달려갈 수도
그렇다고 포기할 수도 없게 만드는
사랑이라는 잔인한 놈

그래도 난 그 나쁜 놈이 좋아요

사랑은 그림자놀이다

나와 그림자는 언제나 같이 있지만
그림자는 늘 반대 방향에서 손짓한다

내 마음이 먹구름되어 투정부리고 싶을 때
그림자는 어디론가 숨어 버리고 만다

내 마음에 비가 내려 물받이가 필요할 때
그림자는 아예 달아나고 없다

분명히 존재하고 있음에도
보이지 않는 그림자, 나의 그림자

하지만
해가 나면 언제 그랬냐는 듯 그림자는
온 몸이 새카만 개구쟁이 소년이 되어
나만 졸졸 따라다닌다

미워할래도 미워할 수 없는
도깨비 같은 사랑은 그림자놀이다

사랑을 하면은 예뻐져요

봉봉사중창단이 그러더군요
아무리 못생긴 여자라도
사랑을 하면은 예뻐진다구요
아무리 호박꽃 아가씨도
사랑을 하면은 꽃이 핀다구요

성형외과의 문턱을 밟지 않아도
사랑만 하면 예뻐지고
사랑만 하면 꽃이 핀다는데
마다할 게 뭐 있겠어요

호박꽃 같은 나를
예쁘게 꽃피워 줄
잃어버린 반쪽을 찾아
올 가을엔 꼭 사랑할 거예요
사랑하면 예뻐진다잖아요

남녀의 사랑 코드는 다르다

남자와 여자는 생김새부터 다르다
하물며
사랑의 감정을 조절하는
뇌하수체의 구조가 같으리라고 여기는 건
화성과 금성이 똑같은 별이라고 우기는 격이다

고민이 생겼을 때
무조건 맞장구쳐 주길 원하는 여자와
반드시 해결해야 한다고 여기는 남자와의
선명한 대립 구조에
오해의 불씨는 도사리고 있다

남자를 영양가없는 수다로 질리게 하지 말고
여자를 갑갑한 침묵으로 오해하게 하지 말고
상대방의 다름을 인정하고
한 발 뒤로 물러서서 사랑하라

불에 굽기만 하면 예술품이 되는 도자기는 없다
깨뜨려진 파편이 산을 이룰 때쯤에야
제대로 된 작품 하나 건지듯
사랑도 그런 정성으로 만들어야 한다

도자기 한 점 빚는 데도
이렇듯 혼신의 힘을 쏟아붓거늘
하물며 서로 사랑하는 사람인데
무엇인들 못하랴

부서지고 깨어지더라도
고귀한 사랑의 탄생을 위해
도자기를 빚듯 사랑하라

당신에게로 보냅니다

보고 있어도 보고 싶은
보고 있어도 또 보고 싶은
보고 있어도 자꾸 보고 싶은

내 하나의 그리움인 당신에게
내 하나의 간절함인 당신에게
내 하나의 영원함인 당신에게

밤새도록 쓴 사랑의 시편에
손잡고 걸었던 오솔길을 개켜넣고
그리움에 잠 못 들던 애태움을 포개넣어

추억의 봉투에
인연이라는 우표를 붙여
당신에게로 보냅니다
세상에 단 한 권뿐인 나의 첫시집을…

그의 따뜻한 손
그의 넉넉한 웃음
그의 다정한 속삭임
그의 포근한 품 안

어디에고 없다
내가 꼭 필요할 때만 없는 그의 존재

지독히 그를 사랑하기에
그래서, 외롭다

사랑하면 외로워진다

사랑이 봄비처럼 다가왔을 때
다짐한 게 있었다

나의 틀에 그를 얽어매지 말고
그의 틀에 나를 맞춰넣지 말자
나의 모든 것을 드러내지 말고
그의 모든 것을 알려 하지 말자

지나친 소유욕은 외로움을 부르고
지나친 밝힘 또한 외로움을 부르나니…

알면서도
너무도 잘 알면서도

사랑이라는 이름으로
그는 오늘 무엇을 했는지
하루종일 내 생각을 얼마나 했는지
속속들이 알고 싶은 마음

시간 시간 그의 궤적을 뚫지 못해 외롭고
나의 생활 속에 그를 묶어 놓지 못해 외롭고
그의 마음 속까지 가늠할 수 없어 외롭고

사랑하면 처절히 외롭다는 것을
알면서도
나는 지금 사랑에 목이 마르다

외롭기는 마찬가지

혼자일 때는 눈빛을 교환할 상대가 없어 외롭고
둘일 때는 눈빛의 감도가 흐려질까 외롭지요

혼자일 때는 기댈 어깨가 없어 외롭고
둘일 때는 기댈 순간이 짧아 외롭지요

혼자일 때는 소유할 대상이 없어 외롭고
둘일 때는 완전히 소유하지 못해 외롭지요

혼자일 때는 자신에게 투정부리느라 외롭고
둘일 때는 투정을 받아 주지 않아 외롭지요

혼자일 때는 혼자라서 외롭고
둘일 때는 둘이라서 더 외롭지요

지독히 사랑해서 지독히 외롭다

지독히 기쁠 때
지독히 화가 날 때
지독히 슬플 때
지독히 즐거울 때

그의 따뜻한 손
그의 넉넉한 웃음
그의 다정한 속삭임
그의 포근한 품 안

어디에고 없다
내가 꼭 필요할 때만 없는 그의 존재

지독히 그를 사랑하기에
그래서, 외롭다

지독히 지독히 외롭다

먼 훗날에

먼 훗날에
아주 먼 훗날에
이 세상에 나만 혼자 남겨지면 어쩌지요?

그런 줄도 모르고
텅 빈 공원 벤치에서 하염없이
당신을 기다리면 어떡한다지요?

낙엽만 뒹굴어도 눈물 떨구던 내가
그 때의 엄청난 슬픔을 어떻게 감당해낸다지요?

든 자리는 몰라도 난 자리는 표가 난다는데
그 황량한 빈 자리는 무엇으로 메운다지요?

생각만으로도 눈물 나는 오늘
그런 날이 절대 오지 말라고
실컷 욕이나 해야겠네요

내가 당신에게 욕을 퍼붓는 이유는
미워서가 아니라
함께 손잡고 사랑할 날이
똑같았으면 하는 마음에서예요

다시 약속해요
먼 훗날에도
아주 먼 훗날에도

비겁하게
다시는 돌아올 수 없는 머언 나라로
먼저 떠나지 않겠다고…

흔적을 남겨 놓지 마세요

흔적을 남겨 놓지 마세요
당신에 관한 것이라면

당신이 가 버린 뒤에
혼자 되새김질해야 할
나의 슬픔 따윈 생각지 않나요?

영원히 지워지지 않을
어떤 흔적도 남겨 놓지 마세요

눈물이 비처럼 쏟아져도
씻겨지지 않는 당신의 모습을 바라보며
가슴칠 내 모습은 생각하지 않나요?

흘러가는 강물처럼
그냥 쉽게 잊고 말게
눈물로도 지울 수 없는 어떤 자취도 남기지 마세요

그건 나를 두 번 죽이는 일이에요

그냥

미칠 듯이 보고 싶을 때마다
생각이 나서 견딜 수 없을 때마다
그냥
전화 설 수 있다면 얼마나 좋을까요

내 마음을
있는 그대로
그냥
표현할 수 있다면 얼마나 좋을까요

지금 내가 하고 싶은 건
오직 하나
'그냥'
이라는 그 말 한 마디

그걸 못해 울고 싶은 나는
'그냥'을
억누르지 못해
머리에 쥐가 나는 하루입니다

내가 먼저 화나게 해 놓고

내가 먼저 화나게 했어요
이유 없이 전화도 꺼 놓고

그렇게 심술부려 놓고
되려 화를 냈어요

날 사랑한다면
모든 것을 다 받아 주어야 하는 게 아니냐면서

글쎄요,
신도 노할 때가 있다던데

그걸 너무도 잘 알면서
확인받고 싶은 욕심이
이렇게 날 떼쟁이로 만들었네요

미안해요
한 마디면 되는데
그 말이 왜 그리도 어려운지요

아직도 나는
사랑을 담기엔 그릇이 작은 모양입니다

괜한 고집을 피우는 것을 보니

마음을 다 주어
사랑하기엔 나는 아직
철이 덜 든 모양입니다

이 빠진 술잔을 질투합니다

당신의 손 안에서 숨쉬는
손때 묻은 만년필을
질투합니다

당신의 푸념을 들어 주는
이 빠진 술잔을
질투합니다

당신의 여행길에 함께하는
바퀴 달린 가방을
질투합니다

하찮은 만년필을
술잔을
여행 가방을
질투하다니

내가
당신에게
단단히 미쳤나 봅니다

난 청개구리예요

나요
사랑하면 청개구리가 되거든요
그러니까 반대로 새겨들어요

오지 말라는 건 오라는 거고
하지 말라는 건 하라는 거고
보기 싫다는 건 보고 싶다는 거고
미워 죽겠다는 건 좋아 죽겠다는 뜻이에요

이유는 몰라요
사랑받고 있다는 믿음이
날 청개구리로 만들었나 봐요

떠내려가는 엄마의 무덤을 보며
슬피 울 때나 그만둘까요?
그러기 전까지는
난 계속 청개구리일 거예요

다 반대로 새겨들어요
안 그랬다간 마음만 다칠 거예요

차마 하지 못함은

사랑한다는 말을
차마 입 밖으로 내지 못함은
시샘한 바람이 내 사랑을
앗아갈 것 같은 두려움 때문이지요

좋아한다는 표현을
차마 얼굴에 담지 못함은
질투의 여신인 헤라가 나의 행복을
빼앗아 버릴 것 같은 두려움 때문이에요

그립다는 편지를
차마 쓰지 못함은
그리움의 크기를 펜으로는
다할 수 없는 까닭이지요

쏟아질 듯한 사랑의 말을
터질 듯 그리운 정을
부치지 못하는 미망의 편지를
속으로만 꽁꽁 재어 놓는 이율
이제 아셨나요?

하루종일 그대 생각뿐이에요

그대의 부드러운 목소리
그대의 해맑은 웃음
그대의 따뜻한 손길

말하지 않았는데도 들리고
있지 않은데도 보이고
붙잡지 않았는데도 느껴져요

하루종일
따라다니는 당신의 영상 때문에
난 지금 공황 상태예요

그댄 일이 손에 잡히나요?

사랑에 빠진 내가 할 수 있는 건
오직 하나
그대 생각뿐이에요

사랑은 물처럼 흘러가야 한다

사랑은 물처럼 흘러가야 한다

20대의 사랑은 폭포수처럼
떨어져 산산히 부서진다 해도
두려워하지 않는 열정을 가지고

30대의 사랑은 계곡물처럼
거대한 돌덩이와 부딪친다 해도
헤치고 나아가는 끈기를 가지고

40대의 사랑은 시냇물처럼
송사리와 조약돌을 모두어
어우러져 함께 가는 지혜를 가지고

50대의 사랑은 강물처럼
물고기도 품고 고깃배도 띄우는
그렇게 넉넉한 가슴을 가지고

60대의 사랑은 바닷물처럼
잘나고 못난 것, 더럽고 깨끗한 것
하나로 품어 주는 의연함을 가지고

흐름에 따라 변해 가는 그런 물처럼
나이듦에 따라 편해지는 그런 사랑

사랑은 물처럼 흘러가야 한다

사랑은 지극한 현실이에요

사랑은 지극한 현실이에요
빛바랜 사랑의 그림자놀이 따윈
영화에나 나오는 포장된 사랑이에요

기쁠 때나 슬플 때
외로울 때나 괴로울 때
내 곁에 있어 주는 사람은 당신이지
어디에 있는지도 모르는
철 지난 사랑의 빈 자리가 아니에요

날 사랑한다면서
사랑의 무게를 잘 느끼지 못하는
바보 같은 우리 님

안경 도수 좀 높이세요
내 사랑을 제대로 보시려면요

곤란한 삶의 여정에 지쳐 있을 때
제일 먼저 무릎 베개에 기대 눕고 싶은 사람
그 사람이 나였으면

숨을 거두는 마지막 순간까지도
제일 먼저 떠올라 자꾸 눈에 밟히는 사람
그 사람이 나였으면

그는 산이지요

그는 산이지요
언제나 그 자리에 있는 커다란 산이지요
바람도 머물렀다 가고
구름도 쉬었다 가고
귀여운 참새들의 보금자리도 되는
모든 것을 허허대며 품어 주는 그는 산이지요

그는 바위이지요
언제나 한 자리에 붙박인 묵직한 바위이지요
햇살도 기대었다 가고
별들도 잠들다 가고
귀여운 산토끼의 놀이터도 되는
모든 것을 허허대며 등 내미는 그는 바위이지요

그런 산 속
바위 틈에 안겨 사는 아기제비꽃은
그래서 참 행복하다지요

그 사람이 나였으면

기쁨을 주체할 수 없을 때
제일 먼저 그 소식을 전하고 싶은 사람
그 사람이 나였으면

서러움이 북받쳐오를 때
제일 먼저 그 마음을 어루만져 줄 사람
그 사람이 나였으면

곤란한 삶의 여정에 지쳐 있을 때
제일 먼저 무릎 베개에 기대 눕고 싶은 사람
그 사람이 나였으면

세상을 떠나는 마지막 순간까지도
자꾸만 떠올라 눈에 밟히는 사람
그 사람이 나였으면

사랑한다면 이들처럼

봄이 왔다고 들뜨지 않고
여름이 온다고 촐랑대지 않고
가을이 온다고 흔들리지 않고
겨울이 와도 묵묵히 눈을 이고 서서
의연한 모습으로 바다를 바라보는 소나무가 있었어요

봄이 오면 연둣빛 꿈을 얘기하고
여름이면 초록 날개로 까불대고
가을이면 빨강 머플러로 치장하고
겨울이면 새하얀 모자를 쓰고
끊임없이 재잘대던 단풍나무가 있었어요

한눈에 보기에도
너무 다른 두 나무가
사랑에 빠졌다는군요

이유는 없대요
굳이 이유를 대라면
상대방에게 없는 변함없음과 철없음이
서로가 서로에게 반한 요소였다나요?

아무 조건도
해석도
필요 없는 게
사랑이라는 걸

어울리지 않지만 어울리는
소나무와 단풍나무를 보면서
깨닫게 되네요

내 생이 다하기 전에
이들처럼
사랑만을 위한 사랑 한번
해 보고 싶군요

하고 싶은 말이었어요

하고 싶은 말이었어요
눈 뜨면 가장 먼저 생각나는 사람이
바로 당신이라는 거

하고 싶은 말이었어요
맛난 것만 보면 먹여 주고 싶은 사람이
바로 당신이라는 거

하고 싶은 말이었어요
잠들 때 병아리처럼 품어 주고 싶은 사람도
바로 당신이라는 거

입 밖으로 내놓으면 바람에 날아갈까 봐
차마 하지 못한 말을
이제야 당신께 고백합니다

이유는 단지 그거 하나뿐이에요

당신만 온 게 아니라
바람도 함께 왔네요

자갈치의 갯내음
범어사의 풍경 소리
억새의 추임새까지

버석거리는 당신의 옷깃에
상기된 얼굴에
잔뜩 묻어 있네요

그래요,
난 당신을 안고 있는 게 아니라
오륙도의 바람을 껴안고 있는 거예요

이유는 단지 그거 하나뿐이에요
괜한 오해 마세요

먼저 다가온 건 당신이지만

먼저 다가온 건 당신이지만
더 가까이 다가가고 싶은 건 나예요

먼저 좋아한다고 말한 건 당신이지만
더 열렬히 좋아하게 된 건 나예요

먼저 시작한 것은 당신인데
뒤늦게 맛들인 내가
바람이 단단히 들었으니
이를 어쩐다지요?

책임지세요
잠잠하던 내 가슴에
사랑의 불씨를 지핀 죄
이브의 유혹만큼 크고 또 큰 죄니까요

공개 수배합니다

나의 늦잠과
알람시계와의 아침 전쟁
"또로롱 또로로롱~"

하루도 빠짐없이
칸트의 아침 산책처럼 정확히
때맞춰 일어나라고 전화 걸어 주는
그런 괜찮은 남자 어디 없을까요?

무미건조한 기계음과는 질적으로 다른
사랑의 세레나데로
아침마다 내 영혼을 일깨워 줄
그런 멋진 남자 어디 없을까요?

"눈떠 봐, 너를 위해 준비했어. 아침 햇살이야."
매일 매일 눈부신 아침을 열어 줄
인간 모닝콜을 공개 수배합니다

웃는 용도가 달라요

타인 앞에서의 웃음은
접대용 웃음이에요

'네 짝 참 괜찮더라'
그런 말을 들려 주고 싶은 웃음이지요

당신 앞에서의 웃음은
진솔한 웃음이에요

'당신 때문에 참 좋아'
이런 말을 들려 주고 싶은 웃음이지요

그 웃음을 구별하지 못한다면
당신은 날 사랑할 자격 없어요

어떻게 진짜를 구별 못할 수가 있지요?
난 당신 눈빛만 봐도 금방 아는데…

이름을 불러 주세요

"어이"
강아지를 부르나요?

"김양"
김씨가 어디 한둘인가요?

모호한 지시어도 싫구요
성에다 직책을 붙이는 호칭도 싫어요
부모님이 지어 주신 이름 중에서
끝에 있는 한 자만 불러 주세요

귀에 익은 친근함이어서 그럴까요?
부모님처럼 날 영원히 지켜 줄 것 같은 그런 느낌이
사랑의 마음을 불러들이거든요

혀꼬부라진 목소리라도 좋아요
숙아,
이름 한 자 불러 준다면
당장 멍울진 마음을 풀 용의가 있는데…

첫눈 그까짓 거 오든지 말든지

첫눈이 온다는
당신의 전화에
서둘러 전화를 끊어 버렸어요

오라고 하면
금방 쫓아갈 것만 같은
내가 두려워서

내가 미치기 전에
나를 먼저 잡아가두는 거예요

더 이상
첫눈의 감미로움에
첫사랑의 아련함에
가슴 시리고 싶지 않아요

첫눈 그까짓 거 오든지 말든지

끝없이

끝없이 손잡고 싶고
끝없이 입맞추고 싶고
끝없이 안아 주고 싶은 내가
마시면 마실수록 갈증이 나는
소금물이라구요?

끝없이 기대고 싶고
끝없이 얘기하고 싶고
끝없이 바라보고 싶은 당신은
들이켜면 들이켤수록 더 찾게 되는
설탕물이네요

설탕에 소금을 쳐 주면
서로의 맛을 더욱 높여 주어
그래서 끝없이 끝없이
사랑하고 싶은 게 아닐까요?

미리 부탁하는 거예요

약속해요
머언 먼 훗날
지금처럼 해맑지 않고
세상 고민을 모두 껴안은 듯한 얼굴을 한다 해도
변함없이 내 편이 되어 준다고

약속해요
머언 먼 훗날
나에 대한 홧증을
되려 당신에게 쏟아붓는대도
변함없이 허허거리며 다독여 준다고

이렇게 미리
부탁해 두는 이유는
머언 먼 훗날
내 자신에게 쏜 화살이
행여나 당신 가슴에 박힐까 봐예요

그 때가 되면
간절히
날 붙잡아 주기 원하면서도

그 놈의 자존심 때문에
미안하다는 말을 차마 못하고

내가 먼저
홱
돌아서 가 버릴까 봐

미리 부탁하는 거예요

내 안에 너 있다

"내 안에 너 있다"

그 말 한 마디는
이 세상의 어느 말보다도
위력이 강해서
날 감동의 폭풍으로 몰고 갑니다

삼켜도 삼켜도 자꾸 눈물이 나네요

아직도 내게 못다 한
사랑의 목마름이 남아 있다는 사실이
못내 슬퍼서 눈물이 나는 거예요

내게 다가오는 그대보다
내가 더 그대를 그리고 있음을
감추어 버린 오늘은

한없이 넓은 그대의 가슴에
조용히 얼굴을 묻고 싶은 내 마음이
더 가슴 저리는 날입니다

눈부신 햇살보다 먼저
다정한 음성으로 아침을 열어 주는 사람

내가 보고 싶을 때 먼저
달려와 보고 싶었노라고 하는 사람

그런 당신은
언제 어디서나 늘 함께하고픈 사람입니다

아낌없이 주는 나무가 있습니다

내겐 아낌없이 주는 나무가 있습니다

기분좋을 땐 팔 뻗어 그네가 되어 주고
지쳐 있을 땐 등 내밀어 의자가 되어 주고
투정부릴 땐 목마 태워 먼 곳의 세상을 보여 주는
셸 실버스타인의 나무보다 더 근사한 나무가 있습니다

그래서 늘 주기도문처럼 되뇝니다

일만겁 전생의 인연으로도 모자라
다시 이승에서
나무의 인연으로 만나게 해 준 그대와 나
눈물나게 감사하다고…

함께하고픈 사람이 있습니다

언제 어디서나
함께하고픈 사람이 있습니다

눈부신 햇살보다 먼저
다정한 음성으로 아침을 열어 주는 사람

내가 보고 싶을 때 먼저
달려와 보고 싶었노라고 하는 사람

삶에 지쳐 있을 때 먼저
커다란 어깨를 말없이 내어 주는 사람

겸손한 자세로
자신의 몸을 낮추어 나를 돋보이게 해 주는 사람

그런 당신은
언제 어디서나 늘 함께하고픈 사람입니다

당신 이외의 사람은 파렴치한이다

참 이상하지요
똑같은 손인데
당신 손은 자꾸 잡고 싶고
다른 손은 닿기만 해도 닭살이니 말이에요

참 이상하지요
똑같은 전화인데
당신과는 끝없이 얘기하고 싶고
다른 전화는 빨리 끊고 싶으니 말이에요

참 이상하지요
똑같은 눈웃음인데
당신 웃음엔 하루가 유쾌해지고
다른 웃음은 왠지 불쾌하니 말이에요

사랑을 하게 되면
당신 이외의 사람은
모두 파렴치한이 되니
고거 참 이상하지요?

웃음 많은 사람은 눈물도 많다

떠나는 자와 보내는 자의
마음이 교차되는 환승역

당신의 눈동자에 괸 눈물을
기어코 보고야 말았네요

같이 울고 싶었지만
난 키를 높여 웃었지요

당신은 모를 거예요
웃고는 있지만
내가 더 아프게 울고 있다는 것을

웃음 많은 사람이
눈물이 더 많다는 깃을…

소소한 관심이 날 웃음짓게 한다

값비싼 보석?
한 두름 되는 연정의 편지?

그거요, 사랑이 깨어지면
하루아침에 강물에 버려지고
불살라지는 허접한 물건에 불과해요

아무리 버리고 태워도 남는 것은
가슴과 가슴으로 맺어진 추억이에요

늘 다정히 불러 주던 이름 두 자
늘 타 주던 커피 하나에 프림 둘
늘 때맞춰 전화 걸어 주던 다정한 목소리

그런 일상의 소소한 길들임이
세포 하나하나에 스며들어
평생 잊지 못한다는 진리
그대는 아시나요?

분에 넘치는 선물보다
한결같은 관심만이
날 웃음짓게 할 수 있어요

내가 잠시 미쳤었나 봐요

하루 이틀 사흘
당신의 부재
홀가분해지기는커녕 더 간절해집니다

부스스한 머리를 손빗질하며
무릎 나온 운동복 차림으로
주머니에 손찌르고 걷던 못된 버릇까지

모두가 그리움되어
꿈길에도 맴도네요

이렇게 잊지 못할 거면서
어떻게 감히
먼저 끝내자고 했을까요

내가 잠시 미쳤었나 봐요

애기야

연인이 사랑을 시작할 때
가장 먼저 나타나는 게
부성애와 모성애라고 하네요

아기를 위해서라면 맹목적인
부모의 아가페적 사랑이나
사랑하는 이에게 무엇이든 해 주고픈
연인의 일방적인 사랑이나
체감 온도가 같아
'애기야' 라고 부르는 게 아닐까요?

"애기야"
그가 불러 주는 단 한 마디에
온몸에 전율이 이는 걸 보면…

난 애기캥거루가 되고 싶다

난 애기캥거루가 되고 싶다

늘
품어
한시도
다른 이의 손품을 팔게 하지 않는
그만의 애기캥거루이고 싶다

늘
그의 숨결을 느끼며
쉬이 잠들고
부드러운 음성을 들으며
아침을 여는
그만의 애기가 되고 싶다

영원히 크지 않는
피터팬 캥거루가 되어
주머니 속 세상에서 영원히
그의 사랑에만 취하고 싶다

애기의 마음 당신은 몰라요

난 그냥 모든 것이 허용되는
애기가 좋아요
당신 앞에서만은
철든 어른이 되고 싶지 않은
애기의 마음 당신은 몰라요
그것도 모르면서 뭐 애기라구요?

애기야,

다시는 그 따위 달콤한 말로
드라마의 주인공처럼 멋진 폼으로
수작걸지 마세요
애기 말고 철든 어른이나 찾아보시죠?

애기는
또다른 당신을 찾아볼 테니까요
투정부릴 상대를 못 만난다면
지쳐 울다 잠이 들겠지요

애기의 애타는 마음 보이시나요?

애기 보셨어요?
늘 엄마의 눈을 맞추려고 하는 애기
엄마의 잔상만 쫓아
없으면 자지러지게 울고
있으면 그저 좋아 함박웃음 짓는
그 애기가 바로 저예요

걷지도 못하는 애기가
도망갈까 걱정이라구요? 하하하

애기 두고 도망갔다는 엄마는 있어두
엄마 떼놓고 애기가 도망갔다는 말은
듣도보도 못했네요

늘 한 곳에미인 눈 맞추고 싶어하는
애기의 애타는 마음이 보이신다면
헛소릴랑은 집어치우고
오직 애기만 봐 주세요

사랑의 지존으로 임명합니다

애기 마음이라는 게 한여름의 날씨와 같아서
시커먼 먹구름이었다가
소나기를 퍼붓다가
천둥번개를 꽝꽝 울려대다가도
언제 그랬냐는 듯 푸른 미소를 짓지요

변덕스런 애기 마음을
맞추어 주는 재주를 가진 사람이 있다면
그는 정녕 마음을 디자인하는 재단사일 거예요

찌뿌드드한 얼굴에 몸을 감춘 이도 있구요
갑작스런 울음에 마음이 젖어 돌아간 이도 있구요
찢어지는 고성에 놀라 들어오지 못한 이도 있어요

하지만 당신은
구름 뒤에 소나기 뒤에 천둥번개 뒤에 숨은
푸른 하늘을 용케도 찾아낸 사람이지요

애기의 마음을 정복한 당신을
사랑의 지존으로 임명합니다

커피와 연인은 닮았다

커피를 많이 마시면 카페인에 중독되고
연인을 많이 만나면 사랑에 중독된다

커피에 중독되면 늘 입이 허전하고
연인에 중독되면 늘 마음이 허전하다

커피는 허전함을 채워 주기에 자꾸 마시게 되고
연인은 공허함을 채워 주기에 자꾸 만나게 된다

커피의 잦은 들이킴은 카페인을 동반하고
연인의 잦은 만남은 권태기를 동반한다

커피의 카페인은 불면증을 유발하지만 인이 배기고
연인의 권태기는 헤어짐을 유발하지만 정이 든다

커피는 인이 배겨 끊지 못해 매일 마시고
연인도 정이 들어 끊지 못해 매일 만난다

커피와 연인은 너무도 닮았다
닮았기에 연인은 늘 커피숍에서 만난다

그대가 있어 내 인생은 행복했습니다

이름 두 자만 떠올려도
가슴부터 쿵 하고 내려앉는 사람이 있습니다

뒤통수를 닮은 사람만 봐도
명치 끝이 싸하게 저려 오는 사람이 있습니다

못 받아서 서운한 게 아니고
좀더 못해 줘서 아쉬움이 드는 사람이 있습니다

눈빛만으로도 따뜻함이 느껴지던 사람
손짓만으로도 다정함이 전해져 오던 사람

그런 사람이 있어서 내 인생은 행복했습니다
함께 손잡고 가자던 약속을 지키지 못하고
내가 먼저 떠나간다 해도
아니 그대가 먼저 등돌린다 해도
절대로 미워하지 않으려 합니다

만날 때에 떠남을 염려하는 것과 같이
떠날 때에 다시 만날 것을 믿기 때문입니다

사랑이 지나쳐 아픔이 될 때가 있습니다
배려한다고 한 것이 부담을 주고
도와 준다고 한 것이 일을 망치게 되는

그런 일이 계속된다면
사랑하는 일을 잠시 쉬어 보세요

사랑의 법칙

김치찌개의 칼칼함에 반해
된장찌개의 구수함에 취해
서로 좋아하게 된 연인이
영원히 사랑할 수 있는 길은

종전의 그 맛을 잃지 않도록
서로의 개성을 존중해 주는 것

상대방을 진실로 사랑한다면
김치찌개에게 구수함을
된장찌개에게 칼칼함을
강요하지 말 것

생긴 그대로를 사랑할 것
그것이 사랑의 법칙인 것

사랑이라는 이름으로

사랑하는 사람이 생기면
방목하는 느낌이 나도록
울타리를 모두 헐어내어
자유롭게 뛰놀게 해 줄 거랬지

날이 가고
해가 더할수록
그 마음은 빛바래
다시 울타리를 치고야 말지

사랑하는 나의 맘이 변한 게 아니라
상대를 소유하고 싶은 내 욕심이
과한 탓임을 알면서도
사랑이라는 이름으로
울타리에 꽁꽁 가두고 마는 나

과도한 집착은 모자람만 못하다는 거
알면서도
너무도 잘 알면서도…

사랑도 때로는 쉬어야 한다

사랑이 아픔이 될 때가 있습니다

배려한다고 한 것이 부담을 주고
도와 준다고 한 것이 일을 망치게 되는
그런 일이 계속된다면
사랑하는 일을 잠시 쉬어 보세요

퓨즈도 과부하되면 끊어지듯
사랑도 팽창되면 터지기 마련이지요

한없이 주고 싶은 사랑일지라도
일단 한 호흡 멈추고
흡,
쉼표를 찍어 보세요

사랑도 때로는 쉬어야 하거든요

꽃은 매일 목마르다

내팽개쳐 두었다가
목이 말라비틀어질 때쯤
물줄기를 퍼붓는
소낙비 같은 사랑은
꽃을 지레 시들게 한다

한 컵의 물일지라도
매일 돌봐 주는
그 관심만으로도 꽃은
불볕더위도
꽃샘추위도
너끈히 이겨내고
해맑은 봄꽃을 피운다

한 모금의 사랑만이
움직이지 못하는 가녀린 꽃을
아름답게 피워낼 수 있다

이 진리를 모르는 자는
꽃을 사랑할 자격이 없다

그래서 고민입니다

그냥 지나가는 사람이었다면
뒤에서 무수한 비웃음을 날린대도
못 들은 척 흘려 넘겼을 겁니다

조금 아는 사람이었다면
눈앞에서 수없이 삿대질을 해댄대도
못 본 척 지나쳐 버렸을 겁니다

하지만 매일 보는 당신에겐
아무것도 아닌 사소한 일이
왜 용서 못할 일이 되는지요

케케묵은 서운함이 불쏘시개가 되고
무심히 던진 말 한 마디가 화약고 되어
당신이 최고의 파렴치한이 되던 날

나는 보고야 말았지요
표독하게 발톱을 드러내어 할퀴던
예전의 나를

사랑한다는 이유 하나만으로
사랑하는 사람의 발을 꽁꽁 묶어

하나하나 간섭하고 싶어 못 견뎌했던 나를

사슬에 묶이지 않으려고 발버둥치는 당신보다
그 사슬을 놓지 못하는 내가 더 불행하다는 것을
알면서도
알면서도 또
이런 실수를 저지르고 말았네요

한번쯤은
지나가는 사람처럼
그저 쬐끔 아는 사람처럼
무시하는 예외쯤은 두어야 숨통이 트일 텐데

머리는 이해가 되는데
가슴은 머리를 따르지 않아
그래서 고민입니다

당신을 고발합니다

당신을 수면 방해범으로 고발합니다
잠들면 누가 업어가도 모르던 나를
밤새 뒤척이게 만든 죄

당신을 추억 절도범으로 고발합니다
연분홍빛 옛 추억을
새하얗게 지워 버린 죄

당신을 사랑 방화범으로 고발합니다
메마른 내 가슴에
사랑의 불씨를 지피고 도망간 죄

어떡할래요?
진짜 콩밥을 먹어 볼래요
아님
고소를 취하하는 조건으로
내가 만든 감옥에 평생 갇혀 사실래요

시간은 그때 그때 달라요

당신과 있을 때는
그냥 바라만 봐도
미친 듯이
빨리 가던 시간이

당신이 없을 때는
정신없이 뛰어다녀도
늘찐늘찐
갈 생각을 안 하는군요

시간은 누구에게나 똑같다는 말이
거짓이라는 걸
당신을 알고부터 깨닫게 되었어요

시간은 정밀
그때 그때 다르네요

주는 거 없이 예쁜 것도 때론

주는 거 없이 예쁜 햇살도
얄미울 때가 있어요
엉엉 소리내어 울고 싶을 때
햇살 속에 서 있으면
흘러내린 눈물자국이 금방 탄로나니까요

주는 거 없이 예쁜 햇살도
밉상일 때가 있어요
하루종일 기분이 엉망일 때
햇살이 내리쬐면
사나운 몰골이 금새 들통나니까요

주는 거 없이 예쁜 것도 때론
독이 될 때가 있네요

세상에 완전한 예쁨이란 없나 봐요

주는 거 없이 미운 것도 때론

주는 거 없이 미운 비도
고마울 때가 있어요
엉엉 소리내어 울고 싶을 때
빗속에 서 있으면
눈물인지 빗물인지 눈치채지 못하니까요

주는 거 없이 미운 비도
감사할 때가 있어요
하루종일 기분이 엉망일 때
장대비에 흠씬 두들겨맞으면
이상하게도 무거웠던 마음이 가뿐해지니까요

주는 거 없이 미운 것도 때론
약이 될 때가 있네요

세상에 완전한 미움이란 없나 봐요

내일이란 정말 머나먼 날이군요

방금 헤어졌는데
눈부터 웃는
당신의 얼굴이 보고 싶습니다

금방 돌아섰는데
내 꿈 꾸라던
당신의 목소리가 듣고 싶습니다

아주 조금
손톱만한 시간이 흘렀을 뿐인데
긴 수렁의 강을 건넌 것처럼 당신이 그립습니다

똑딱이는 초침만 바라보며
밤새 뒤척일 일만 남았네요
내일이란 정말 머나먼 날이군요

까뒤집어 봐야만 아시겠어요?

내 마음 속엔
오직 하나
당신밖에 없는데

날 사랑하냐고
아니 사랑하기나 했냐고
다그치지 마세요

당신을 위해서라면
잔다르크처럼
목숨이라도 내던지고 싶은
끓어오르는 이 심장을
까뒤집어 봐야만 아시겠어요?

다시 쓰는 사랑의 시

다시는 쓸 수 없으리라 여겼던
사랑의 시

아주 오랜만에
내 마음에도
사랑의 음표를 그리게 되었네요

사랑해 버리면
그와의 모든 추억
그와의 모든 몸짓
그와의 모든 연민

내 맘 속에
내 몸 속에
내 피 속에

깊이깊이 각인되어 버리는데
교차되어 다가올
사랑의 기쁨과 슬픔을
여린 내 가슴이 어떻게 감당해 낸다지요?

그렇다 해도

이제는 사랑이란 이름 앞에
뒷모습을 보이며 도망치고 싶지 않습니다

다시 쓰게 된 사랑의 시를
이번만큼은 멈추고 싶지 않습니다

사랑하는 사람을 잃어 본 사람만이

사랑하는 사람을 잃어 본 사람만이
진정한 슬픔을 안다
예고 없이 찾아드는 빈 자리가
얼마나 황황한 일인지
겪어 보지 않은 사람은 모른다

명치 끝이 타는 듯한 그런 아픔을
두 번 다시 앓기 싫어서
아니 그대를
좀더 붙잡아두고 싶어서
제발 떠나지 말라고
꺼억꺼억 통곡하는 내가
조금이라도 가엾게 생각된다면

절대 나 혼자
이 세상에 동그마니 남겨두고
줄행랑치는 파렴치한 짓은 하지 말길
감당할 수 없는 슬픔을 남겨두고 떠나지 말길…

확실치 않은 끼리끼리에 연연하는 것은
66억 명이 되는 지구의 인구 중에 16.5억 명이
4,800만 명이 되는 남한의 인구 중에 1,200만 명이
나와 쌍둥이라고 생각하는 것과 똑같아요
상상만으로도 징그럽지 않나요?

단 네 개의 혈액형으로 묶어 버린 확률 게임
믿지 마세요

혈액형을 믿지 마세요

A형끼리
B형끼리
O형끼리
AB형끼리
끼리끼리 묶어 동질성을 확인하기 좋아하는 사람들

끼리끼리란 게 원래
공통점끼리 모아 두루뭉실 엮어 놓은 것뿐인데
A형은 이렇고
B형은 저렇다더라
단정하는 건 크나큰 오류예요

66억 명이 되는 지구의 인구 중에 16.5억 명이
4,800만 명이 되는 남한의 인구 중에 1,200만 명이
나와 쌍둥이라고 생각하는 것과 똑같아요
상상만으로도 징그럽지 않나요?

단 네 개의 혈액형으로 묶어 버린 확률 게임
믿지 말고 재미로 보세요

A형 남자의 사랑

소심한 우등생이면서도
불이 붙기 시작하면
석유버너를 능가하는
석탄난로와 같은 화력

A형의 사랑 방식이래요

사랑이 오면
생활이고 뭐고
하나도 남김없이
불살라 버린대요

난
그런 A형 남자의
일편단심 사랑 속에서
옴쭉달싹 못하고 있어요

A형 남자와 O형 여자

A형의 차분함과
O형의 활기참이
극적으로 조화되어
성적표 '수'를 받을 수 있는 커플

여장부처럼 보이는 O형 여자는
외로움을 많이 타고 여린 구석이 많아
합리적인 데다 진실한 A형 남자에게
믿고 의지하고 싶은 매력을 느낀다네요

너무 다르기에 너무도 잘 어울리는 A · O커플이
오래도록 사랑할 수 있는 길은
A형의 남자는 가슴을 보다 넓히고
O형의 여자는 자만심을 버리는 것

머리가 좋다고 다 공부 잘하는 게 아닌 것처럼
성적만 좋다고 사랑이 마냥 순탄대로일 순 없겠지요
호사다마라고 좋을수록 서로 조심하는 길만이
최상의 성적표를 유지할 수 있다는 것

잊지 마세요

B형 남자의 사랑

순식간에 번지는
산불처럼
타오르기 시작하면
무엇에도 거침이 없는 사랑

B형의 사랑 방식이래요

때와 장소도 가리지 않고
자신뿐만 아니라
모두를 태워 버린대요

난
숨거친
그런 B형 남자와
사랑의 화마 속에서
함께 불타고 있어요

B형 남자와 O형 여자

B형 남자의 정열과
O형 여자의 행동력이
축제 분위기를 만들어
성적표 '우'를 받을 수 있는 커플

억센 남자에게는 오히려 강하고
부드러운 남자에게 되려 약해지는 O형 여자는
감상적이며 신사적인 B형 남자에게
어리광피우며 매달리고 싶은 매력을 느낀다네요

손발이 척척 맞는 유쾌한 B·O커플이
오래도록 사랑할 수 있는 길은
O형의 여자가 아무리 심한 말을 해도
B형의 남자가 무던하게 받아들여 주는 것

처세의 방법은 달라도 마음만은 찰떡 같은 이 커플은
부부의 인연도 연인의 인연도 좋음이라고 하네요
위로 차고 오를 수도 아래로 곤두박질칠 수도 있는
중상급의 성적표는 둘의 마음먹기에 달렸다는 것

잊지 마세요

O형 남자의 사랑

기화하는 석유버너처럼
순간 화력이 최대인
일순에 모두를 태워 버리지 않고는
멈추지 않는 사랑

O형의 사랑 방식이래요

어느 순간
화려하게 타올랐다가도
꺼지는 순간
뜨거움과 차가움이
공존하는 그런 사랑

난
활화산 같은
그런 O형 남자와
극적인 사랑의 야누스 속에서
헤매고 있어요

O형 남자와 B형 여자

O형 남자의 서글서글함과
B형 여자의 상냥함이
일할 때도 놀 때도 호흡이 잘 맞아
성적표 '미'를 받을 수 있는 커플

마음으로는 잘해 주고 싶은데
하는 일마다 실수가 많은 B형 여자는
너그러우며 판단력이 명확한 O형 남자에게
남자다운 매력을 느낀다고 하네요

좋을 때는 한없이 좋은 이 O · B커플이
오래도록 사랑할 수 있는 길은
O형의 남자가 기가 꺾일 때
B형의 여자가 사기를 북돋워 주는 것

서로에게 없는 다정함과 애교를
바라지 말고 있는 그대로를 사랑하세요
미치도록 사랑하지 않아도 정이 들면
그것처럼 끊기 힘든 인연은 없다는 것을

명심하세요

AB형 남자의 사랑

예고하지 않은
태풍처럼 몰아오지만
막상 실체는 잡을 수 없는
오로라 같은 사랑

AB형의 사랑 방식이래요

예리한 사랑의 감도로
이상과 본능 속에서
늘 갈등하는
최고의 지성미를 갖춘 남자

난
그런 AB형 남자와
드라마틱한 사랑의 환상 속에서
끝없이 헤엄치고 있어요

AB형 남자와 A형 여자

AB형 남자의 독특함과
A형 여자의 침착함이
너무도 닮아 건조한
성적표 '양'을 받을 수 있는 커플

섬세하고 깔끔한 A형 여자는
기분을 편하게 해 주고
알아서 자존심을 세워 주는
AB형 남자에게 깊은 연정을 느낀다고 하네요

미적지근할 것 같은 AB · A커플이
서로 오래도록 사랑하는 길은
서로의 고집을 내세우지 않고
한 발 뒤로 물러서는 것

건조한 관계는
서로 자극을 주는 이벤트가 최고래요
주위 시선 의식하지 말고
커플티 입고 함께 거리를 누벼 보세요

지금 당장

최고의 혈액형 커플은

O형 남자의 자유로움이
A형 여자의 신중함과
너무도 잘 어울려
'올백'의 성적표를 받을 수 있는 커플

오아시스 같은 O형 남자와
싫증나지 않는 A형 여자가 만나
활기참이 배가되어 인생이
늘 소풍가는 기분이라고 하네요

서로에게 행운을 주는
찰떡궁합을 자랑하는 이 커플이
끝까지 사랑할 수 있는 길은
좋다고 절대 자만하지 않는 것

고 점만 주의한다면
거칠 게 없는 커플이지요
부여받은 성적표답게
최고의 사랑 해 보세요

영화 'B형 남자친구' 의 커플은

B형 남자의 독특함과
A형 여자의 침착함이
잘 조화될 때만이
빛을 발한다는 커플

일에 몰두하면
배려를 까맣게 잊는 B형 남자와
밤이면 밤마다
애타게 전화 오기만을 기다리는 A형 여자

서로 속앓이만 할 것 같은 이 B · A커플이
오래도록 사랑할 수 있는 길은
희박한 확률 점수를 믿지 않고
서로의 좋은 점만 보면서 사랑하는 것

변덕쟁이에 기분파인 B형 남자와
소심한 A형 여자의 연애사를
'B형 남자친구' 라는 영화로 만든 것을 보면
확률이 다가 아님을 알려 주고 싶은

감독의 의도가 아니었을까요?

O형 여자를 주인공으로 했을 때

A형 남자와는 수
B형 남자와는 우
O형 남자와는 가
AB형 남자와는 낙제 중의 낙제

기대치가 높으면 실망도 크다고 했던가요
너무 좋은 A형 남자보다는
아예 기대도 안 한 AB형 남자와
한번 사귀어 보는 건 어떨까요?

실망하리라 예상했는데 의외로 안겨지는 감동은
평생 잊을 수 없는 추억을 남겨 주거든요

O형 여자의 추진력과
AB형 남자의 냉정한 판단력이 합쳐지면
환상의 커플이 될 가능성이 높다고 하니
한번 도전해 보는 건 어떨까요?

너무도 다른 성격차로 인해 충돌이 일어나나
아님 정말 환상 커플이 되나 알아보게요

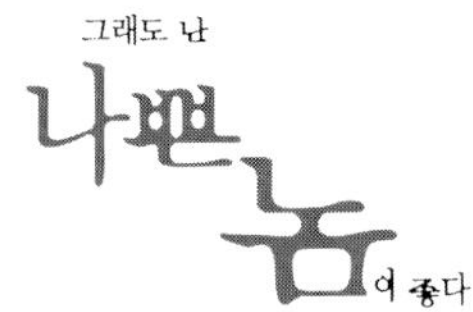

2009년 8월 1일 초판 1쇄 인쇄
2009년 8월 5일 초판 1쇄 발행

글 정훈영
그림 이일선

펴낸이 안경란
펴낸곳 책먹는아이
주소 경기도 고양시 덕양구 토당동 335-72 1층
전화 031-970-1628
팩스 031-970-1629

ISBN 978-89-93672-09-1 92810

✱잘못된 책은 구입하신 서점에서 바꾸어 드립니다.

그래도 난 나쁜 놈이 좋다

그래도 난 나쁜 놈이 좋다